LE

LAVEMENT DES PIEDS

MYSTÈRE INÉDIT

COMPOSÉ POUR

LA CONFRÉRIE DE LA PASSION DE ROUEN

PAR

Me NICOLE MAUGER

PUBLIÉ PAR

P. LE VERDIER,
Avocat a la Cour d'Appel

ÉVREUX
IMPRIMERIE DE L'EURE

1893

LE MYSTÈRE

DU

LAVEMENT DES PIEDS

(Extrait de la *Revue catholique de Normandie*)

LE

LAVEMENT DES PIEDS

MYSTÈRE INÉDIT

COMPOSÉ POUR

LA CONFRÉRIE DE LA PASSION DE ROUEN

PAR

Me NICOLE MAUGER

PUBLIÉ PAR

P. LE VERDIER,

AVOCAT A LA COUR D'APPEL

ÉVREUX

IMPRIMERIE DE L'EURE

1893

LE MYSTÈRE

DU

LAVEMENT DES PIEDS

COMPOSÉ POUR

LA CONFRÉRIE DE LA PASSION DE ROUEN

PAR

Me NICOLE MAUGER, prêtre.

La *Société de l'Histoire de Normandie*, dans un volume paru en 1891, intitulé MÉLANGES, *Première Série*, a publié un certain nombre de *Documents relatifs à la Confrérie de la Passion de Rouen* (1). L'*Introduction*, dont nous les avions fait précéder,

(1) Ces *documents* comprennent :
Statuts de la Confrérie de la Passion de Rouen (septembre 1374).
Nouveaux statuts de la même Confrérie (1er décembre 1636).
Lettres patentes en faveur de la même (septembre 1651).
Arrêt du Parlement de Rouen, du 6 juillet 1651, *concernant la même* Confrérie.
Inventaire des titres, lettres, arrêts et pappiers de la Confrérie de la Passion, (vers 1732).

signalait la disparition d'une partie, et non la moins intéressante, des anciennes archives de la Confrérie, tout spécialement celle du Mystère du Lavement des pieds composé par l'un de ses chapelains, Me Nicole Mauger, et disait le résultat négatif des efforts par nous tentés pour les retrouver.

Le possesseur actuel, parent et héritier d'Auguste Le Prévost, d'érudite mémoire (1), à qui nous avions déjà fait appel, a eu depuis le bonheur de retrouver cette pièce dramatique, oubliée au milieu de papiers sans intérêt dans son château de Saint-Martin-du-Tilleul. C'est grâce à lui que nous pouvons la publier aujourd'hui.

Le *Mystère du Lavement des Pieds* est probablement l'une des dernières, peut-être la dernière des productions de notre vieux théâtre religieux. Composé par un auteur rouennais, il a été écrit pour une confrérie rouennaise et joué par elle. A ces divers titres il nous a paru digne d'être mis au jour. Nous l'imprimons enfin d'après le manuscrit original et unique.

Mais avant de présenter le mystère rouennais, et sans avoir, bien entendu, la prétention de refaire la notice que nous avons

(1) Lorsqu'éclata la Révolution, l'abbé Heude, curé de Saint-Patrice, et, en cette qualité, protecteur de la Confrérie de la Passion, crut sauver ses archives du pillage en s'en saisissant. Malheureusement il les dispersa. Vers 1830, il en remit une partie, ce qui lui restait alors, et c'étaient les pièces les moins intéressantes, à M. A. Floquet, l'auteur de l'*Histoire du Parlement de Rouen* : elles formaient en totalité, ou en partie, un dossier conservé aujourd'hui à la Bibliothèque du Chapitre de Rouen. Mais antérieurement, M. Heude avait communiqué les documents les plus importants à M. Aug. Le Prévost, qui, à son tour, les avait fait connaître à Hyacinthe Langlois. Celui-ci, dans son *Essai historique et descriptif sur la peinture sur verre*, à propos d'une vitre de l'église Saint-Patrice de Rouen, consacre quelques pages à la Confrérie de la Passion, analyse le Mystère du Lavement des Pieds, dont il a le manuscrit sous les yeux, donne le fac-simile d'un placard du Puy de la Passion, et signale quelques usages de la Confrérie, qu'il emprunte à un mémoire manuscrit relatif aux obligations du maitre. Nous voyons maintenant que, si les livres prêtés, dit-on, ne se rendent pas, H. Langlois manqua dans la circonstance à l'usage : son prêteur en effet dut rentrer en possession du prêt, puisqu'il donna dans la suite le manuscrit original des statuts de 1636 à la Bibliothèque de la ville de Rouen, qui le conserve, un registre des délibérations de la Confrérie (1699-1732) à son ami, M. Jean Rondeaux, et nous retrouvons enfin à Saint-Martin-du-Tilleul le *Lavement des Pieds*.

donnée à la Société de l'Histoire de Normandie, rappelons très-rapidement ce que fut la Confrérie de la Passion de Rouen (1).

* * *

Elle fut fondée dans l'église Saint-Patrice de cette ville en 1374, ou plutôt elle rédigea à cette date ses plus anciens statuts connus (2). Elle se perpétua, avec des vicissitudes diverses, jusqu'à une époque voisine de la Révolution, se réunissant dans une chapelle de cette église qui semble avoir été dès longtemps connue sous le nom de chapelle de la Passion, et se transportant plus tard dans une nouvelle chapelle du même nom, édifiée, dit Farin, ou plutôt réédifiée en 1648 (3), au côté méridional du chœur et qui garde encore, comme souvenirs de son ancienne destination, des peintures du XVIIe siècle et quelques motifs d'ornementation moderne (4).

Instituée dans un but religieux, la Confrérie, comme toutes les associations de ce genre, eut pour objet les pratiques de piété et les œuvres de charité ou d'assistance mutuelle. Messes hebdoma-

(1) Cf. H. Langlois, *Essai historique sur la peinture sur verre*; — P. Baudry, *L'église paroissiale de Saint-Patrice*; — Gosselin, *Recherches sur les origines et l'histoire du théâtre à Rouen.*

(2) Datés du 2 septembre 1374, les statuts furent présentés aux vicaires généraux de Philippe d'Alençon, archevêque de Rouen, et approuvés le 16 du même mois. Nous ne connaissons de statuts de confrérie plus anciens que ceux de la Charité Saint-Cosme, Saint-Damien et Saint-Lambert, de l'église Saint-Denis de Rouen, (1358) publiés par M. Ch. de Beaurepaire (*Société rouennaise de Bibliophiles*, 1888).

(3) « L'an 1648, la chappelle de la Passion fut construite et tout le costé de l'église vers la rue jusques au bas de la nef. » Déjà la *chapelle de la Passion* (était-elle en une autre partie de l'église?) avait été remaniée ou détruite au siècle précédent :

« 1592, à Jacques Boursier, charpentier, pour avoir démoli et mis bas le boys servant à la *chapelle de la Passion*, 18 liv. ; — 19 juin 1592, au plastrier pour avoir descouvert ladite chapelle et descendu la thuille, 61 liv. ; — 1594-1596, pour entreprendre à faire la closture et carolles du cœur de lad. esglize du bois estant en icelle provenu de la demolition de la chappelle de la Passion » (*Arch. de la Seine-Infér.*, Comptes de Saint-Patrice, G. 7484).

(4) Sur le mur extérieur, dans la rue, j'ai lu encore, il y a quelques années, la strophe du *Stabat* : *Quis posset non contristari*, etc.

daires, messes solennelles à certaines fêtes, présence aux cérémonies, aux services funèbres, étaient prescrites suivant la coutume. Comme d'usage aussi, la Confrérie, « ouverte à toutes bonnes gens, hommes et femmes, estant en la foy chrestienne, » offrait à ses membres, moyennant un droit d'entrée de dix deniers et une une cotisation d'un denier par semaine (1), des secours en cas de maladie ou d'infirmité, aide à celui qui était expulsé de la ville comme atteint de la lèpre, qui était excommunié ou interdit, qui entreprenait un des pèlerinages lointains, qui était victime d'un incendie; en cas de mort, elle assurait ses prières, un ensevelissement honorable et des obsèques célébrées avec une certaine pompe, etc.

Tout cela, en somme, est assez normal et se retrouve, à quelques variantes près, et avec plus ou moins de développements, dans la plupart des statuts des anciennes confréries religieuses.

Mais voici par où la Confrérie de la Passion va se distinguer de toutes autres.

Fondée « en l'honneur de Dieu le Père tout-puissant, et de la saincte Passion et Resurrection de son benoist fils nostre seigneur Jésus-Christ, » elle voulut, à toutes les époques de son existence, célébrer d'une manière publique la Rédemption du Sauveur : représentations dramatiques, concours poétiques, procession solennelle et allégorique, ou sermon de la Passion, furent, suivant les temps, autant de moyens de glorification du saint mystère et d'édification populaire.

« Il est ordonné, disent les statuts de 1374, que les freres de la Charité dessusditte mettront la meilleure partie qu'ils pourront bonnement chacun an, une fois tant seulement, en memoire de nostre seigneur Jesus-Christ et de sa glorieuse mere et de tous les saints de paradis, pour esmouvoir le peuple chrestien a bonne devotion, a faire *aucun vray mystere ou miracle*, qui sera par bonne et devote maniere *montré en la personne des freres*, au lieu et place convenable a ce faire, sans y adjouter aucune chose, fors que la sainte Ecriture, et a certain jour de feste, tel comme lesdits freres adviseront (2). »

(1) Statuts de 1374. La cotisation ne fut pas élevée en 1636 : *quattre sols, quattre deniers*, par an, disent les nouveaux statuts.

(2) « Item, il est ordonné que nul ne sera dudit mistere, s'il n'est frere ou sœur de ladite charité. » A retenir encore ce passage de l'arrêt du Parlement

Or, qu'on le remarque, en passant, nous sommes en 1374, et chacun an les confrères vont eux-mêmes jouer un drame religieux : les célèbres lettres patentes de Charles VI en faveur des confrères de la Passion de Paris sont seulement de l'an 1402. La province, on le voit, n'est pas en retard sur la capitale.

Il est manifeste qu'on dut tout d'abord et pendant de longues années observer la prescription statutaire. Est-ce à dire que les confrères donnèrent tous les ans quelque grande œuvre telle que le mystère de la Passion qui nous est parvenu? Non pas, la chose eût été impossible : les frais énormes, *la préparation et l'étude* des grands mystères ne permettaient de les exhiber qu'à de longs intervalles. Les représentations annuelles se faisaient modestes : *le plus souvent ce devaient être de simples* moralités, moins encore, quelque fragment des œuvres ordinaires, quelque figuration ou tableau vivant peut-être. De loin en loin seulement, on faisait un effort considérable de peine et d'argent, comme en 1492, où l'on joua la Passion, *magno hominum concursu*, dit la chronique de De la Marc (1), *très magnifiquement et par grands personnages*, rapporte un manuscrit Bigot.

Avec le temps aussi, les représentations de la Passion se firent de plus en plus rares. En 1492, elle n'avait pas été donnée depuis quarante ans, et on ne la reprit qu'en 1498 (2).

de Rouen du 6 juillet 1651, citant les paroles de Le Guerchois, avocat général : « led. mistere dont est fait mention ausdits statuts n'estoit autre chose qu'un *spectacle vivant de pauvres gens gaigez, lesquels devoient estre freres de lad. confrerie pour pouvoir representer les personnages de la Passion*, ce qui *se faisoit tous les ans*, et a esté abrogé il y a longtemps comme chose qui excitoit plustost la curiosité que la piété des spectateurs. » (MÉLANGES, p. 366).

(1) V. Appendice à *Conquestes et trophées des Norman-François* de Du Moulin.

(2) Cf. Gosselin, *op. cit.*; — P. Le Verdier, *Mystère de l'Incarnation et Nativité*, introduction, LIV-LVII. — Le manuscrit Bigot, cité ici, est aujourd'hui en al possession de M. Lormier, de Rouen, qui l'a acquis à *la vente Ed. Frère*, et nous l'a gracieusement communiqué. (N° 524 du catalogue). C'est un ms. de la fin du XVIe siècle, in-4, de 143 ff., contenant, du f. 21 à la fin, une chronologie de la ville de Rouen (1073-1544). Les mentions qu'il donne aux f. 60 et 63 des représentations de 1492 et 1498 se retrouvent, en termes à peu près identiques, dans le ms. de la Bibliothèque Nationale, F. Fr., n° 18,930.

M. Petit de Julleville (*Les Mystères*, t. II, p. 179) dit, mais sans en rapporter la preuve, que la Passion fut jouée à Rouen en 1520, en 1543, en 1550 : nous en doutons quelque peu.

Puis le temps vint où le goût, que de nombreux essais modernes semblent pourtant réhabiliter, se perdit de

Jouer les Saints, la Vierge et Dieu par piété,

et condamna l'usage de mettre sur la scène

De la foy d'un chrétien les mystères terribles.

Il fallut innover. Farin rapporte que c'est en l'an 1543 que fut érigé le Puy de la Passion, concours poétique auquel étaient conviés poëtes et orateurs, et qui devait se tenir, « à l'exaltation et triumphe d'icelle Passion, » dans l'église Saint-Patrice, le jour de Quasimodo de six heures du matin à deux heures après midi. Constitué sur le modèle du Puy des Palinods ou de la Conception immaculée, il était présidé par un *prince* et offrait aux concurrents des prix symboliques : la *croix*, l'*aigneau* pour le chant royal, le *chapeau d'épines* pour la ballade, la *lance* pour le rondeau, le *roseau*, le *pilier* pour le dixain et l'épigramme (1).

Malheureusement le puy de la Passion ne put soutenir la concurrence de son brillant et florissant aîné, le Puy de la Conception : il paraît n'avoir eu qu'une existence éphémère. « Ni les auteurs, ni les princes, ni les ouvages ne sont connus, » lit-on dans le Tableau de Rouen de 1778. « Le puy est tombé dans le milieu du XVIe siècle. » (Tableau de Rouen de 1779). Les *Trois siècles palinodiques* de Guiot n'en disent rien. Et d'ailleurs les registres de la Confrérie de la même époque nous échappent.

Alors apparaît comme une troisième transformation de la Confrérie : plus de théâtre, plus de concours de poësie, mais on donnera à la solennité du Jeudi-Saint plus de pompe et plus d'éclat. Une *procession* allégorique était d'usage : elle fournira, avec la cérémonie du Lavement des pieds (2), le moyen offert au peuple pour « l'émouvoir à bonne dévotion, » selon le vœu des statuts et le but de l'association qu'il importe toujours d'atteindre (3).

(1) V. dans H. Langlois. *Essai sur la peinture sur verre*, le placard ou programme du puy.

(2) On faisait aussi le samedi d'avant les Rameaux un lavement des pieds, mais c'était en souvenir de la scène où Marie répandit des parfums sur le Sauveur, et cette cérémonie n'avait, semble-t-il, aucun rapport avec celle du Jeudi-Saint. (Cf. Jean d'Avranches, *De officiis ecclesiasticis*).

(3) Gosselin (*Recherches sur les origines et l'histoire du théâtre à Rouen*), qui n'a pas connu les documents que nous avons publiés, a accumulé sur la Confrérie de la Passion erreur sur erreur ; il croit notamment que les représentations de

Il paraît constant que depuis longtemps la Confrérie avait pris l'habitude de célébrer le Jeudi-Saint, quoique les premiers statuts ne le prescrivissent point. Ceux de 1636 qualifient d'ancienne la coutume de se rendre processionnellement ce jour à l'église paroissiale du maître en charge, d'y entendre la prédication et de revenir à Saint-Patrice achever l'office religieux (1). C'est cette coutume qu'a consacrée le nouveau règlement substitué, à l'ancien, à la date du 13 novembre 1636. Seulement on fit sans doute la procession plus brillante et plus nombreuse, plus dramatique même : les insignes de la Passion y furent portés par de jeunes garçons, des pauvres y figurèrent les apôtres, conduits par les douze derniers maîtres : on y vit aussi paraître une Sainte Véronique, de qui même la procession finit par prendre le nom : *procession de la Véronique*, etc.

Nous n'avons pas à raconter l'ordre de la marche, non plus que les diverses prescriptions recommandées tant par les nouveaux articles que par les mémoires rédigés à l'usage des maîtres (2) : si le lecteur croit trouver à ces tableaux des mœurs de nos pères le même intérêt que nous y avons pris nous-mêmes, nous le convions à ouvrir dans les *Mélanges* de la Société de l'Histoire de Normandie les documents publiés et notre notice. Il importe seulement de retenir qu'au retour de la procession dans l'église Saint-Patrice une messe y était chantée et qu'après l'offertoire était célébrée la cérémonie du Lavement des pieds (3).

mystères se sont introduites dans ses usages postérieurement à l'établissement de la procession : c'est tout le contraire. Et il est de l'intérêt de l'histoire du théâtre à Rouen qu'on le constate : les représentations dramatiques de la Confrérie de la Passion datent au moins de 1374.

(1) « L'ordre de la procession sera gardé suivant l'ancienne coutume » (Statuts de 1636).

(2) V. *infra*, p. 47.

(3) Toutes les dépenses des cérémonies du Jeudi-Saint, distributions, aumônes, frais du culte, etc., et elles se montaient à un chiffre élevé (par transaction 150 écus en 1594, 450 livres en 1706, contrainte de 1000 livres en 1730), étaient à la charge personnelle du maître de la Confrérie. Notez que la fonction était obligatoire : celui que les confrères avaient élu n'avait pas le droit de refuser l'honneur, pourvu qu'il fût bourgeois de Rouen, fût-il étranger à la Confrérie, fût-il même hérétique! C'était comme un impôt, pesant au nom de la religion et de la charité publique sur les riches de la ville. Et comme la charge était annuelle, la plupart la subissaient. Plus d'un élu plaida pour s'y soustraire et

Tous ces usages durent s'oublier insensiblement. A la fin du XVIIe siècle la Confrérie a encore une vie régulière. C'est en 1648 qu'a été construite pour elle une nouvelle chapelle, au côté droit du chœur de Saint-Patrice; en 1660, en 1682 des réparations sont faites aux vitres de « la chapelle de la Passion » par les vitriers Jacques du Mesnil, Guillaume Le Vieil et Catherine Jouvenet, sa femme (1), mais payés, il est vrai, comme d'ailleurs les travaux de 1592, de 1648, par les fonds de la fabrique (2). Une liste des confrères rédigée vers 1698 suivant l'ordre alphabétique, mais incomplète et ne donnant que les noms classés de H à S fournit 122 associés (3). Mais en 1713 on est obligé de rappeler les confrères à l'observation des usages : « Tous messieurs les maîtres de la Confrérie assisteront aux cérémonies en manteau et rabat. » Une autre délibération de 1732 porte entre autres choses qu'il conviendra « rétablir l'ancien ordre des offices de la confrérie (4). » Les traditions s'effacent donc de plus en plus. En 1778 disparut enfin la procession de la Véronique, dernier vestige des représentations figurées de la Confrérie (5). Cette suppression dut marquer la fin de l'association.

* * *

Nous revenons au Lavement des Pieds.

Le mystère du Lavement des Pieds, que nous publions, est contenu dans un cahier de quatorze feuillets en parchemin, de format petit in-f.; il en occupe quinze pages; les trois suivantes contiennent un *memore* ou memorandum de ses devoirs à l'usage du maître, les autres sont blanches (6).

se vit condamné par le Parlement sous le prétexte de l'usage et d'une sorte de nécessité sociale. — V. MÉLANGES, p. 360, 368 à 376 (Soc. de l'Histoire de Normandie).

(1) Cousine du peintre (P. Baudry, *L'église paroissiale de Saint-Patrice*).

(2) *Arch. Seine-Infér.*, G. 7485.

(3) *Arch. Seine-Infér.*, G. 7500.

(4) Registre des délibérations de la Confrérie de la Passion (1699-1732). (Bibliothèque de M. A. Join-Lambert).

(5) Tableau de Rouen de 1779, p. 136.

(6) Ce manuscrit, nous l'avons déjà dit, provient des archives de la Confrérie de la Passion; c'est bien celui qui est décrit sous la *cotte X*, *2e pièce*, dans

Sur la couverture antérieure on lit :

Un ancien chant sur la passion de iésus christ avec une instruction de ce que doibt faire le maistre nouvellement esleu ; au dessous, et d'une écriture un peu plus moderne (XVIIIe siècle) : *Cotte* x. La même main a écrit sur le recto du feuillet de garde : *Chant composé en l'hr de la P. de N. S. par M. Mauger prêtre doyen des Chapelains de la Confrérie en 1600.* Çà et là on trouve des notes diverses : sur la garde postérieure, les noms de ceux qui remplirent les rôles, paraissent écrits dans la seconde moitié du XVIe siècle ; ailleurs, le nom de *Me Guillemme Le Picard*, sans doute un chapelain, et cette variante de la strophe du *Vexilla Regis*, signée *Du bon suis*, qui pourrait bien être l'anagramme de *Dubuisson* :

O crux ave spes unica
Corde te precor et ore
Ut sis pro me peccatore
Propitiatrix et amica.

Quel est l'auteur du *Lavement des Pieds*? Quand fut-il composé?

L'auteur est Me Nicole Mauger, prêtre : la mention, qu'on vient de rapporter, inscrite sur la garde antérieure, quoique d'une écriture du XVIIIe siècle, le démontre assez. Sa signature est d'ailleurs au bas du poëme : *N. Mauger, prbre.* Il fut chapelain de la confrérie de la Passion. De lui nous ne savons rien de plus : nous n'avons pu rencontrer son nom nulle part, même pas dans le fonds de l'église Saint-Patrice, aux archives départementales.

A quelle date le mystère fut-il écrit? Hyacinthe Langlois, qui a transcrit la phrase ci-dessus, *chant composé en l'hr de la P. de N. S.*, etc., mais en la ponctuant, paraît avoir compris que le chant a été composé vers 1600 (1). Après lui, M. Paul Baudry, dans son *Eglise paroissiale de Saint-Patrice*, p 16, et nous mêmes, dans notre *Introduction* au *Mystère de l'Incarnation et Nativité*, p. LXII, l'avons répété (2). Or l'annotation veut dire simplement que Nicole

l'inventaire de 1732. (V. Mélanges, *Soc. de l'Histoire de Normandie*). Communiqué autrefois à H. Langlois par Auguste Le Prévost, il appartient aujourd'hui à l'héritier de celui-ci, M. A Caneaux, ancien magistrat.

(1) *Essai sur la peinture sur verre*, p. 59.

(2) *Les trois siècles palinodiques* de Guiot (*Bibl. de Rouen*, Ms. Y, 50) nous avaient également induit en erreur. L'auteur, p. 289, avait interprété l'annotation du manuscrit de la même manière que H. Langlois.

Mauger était doyen des chapelains en 1600 (1). En effet l'écriture que nous avons sous les yeux accuse évidemment une époque antérieure, la seconde moitié, ou le milieu du XVIe siècle.

Ce serait donc à cette époque que le mystère fut composé et joué. C'est du même temps environ que date l'essai malheureux du Puy de la Passion. Le Lavement des Pieds pourrait bien avoir été inspiré par le besoin que l'on sentait alors de trouver du nouveau, et avoir été écrit dans les années qui suivirent.

Il procède encore du vieux théâtre : la simple mise en vers, toute terre à terre et sans imagination, du récit de l'Evangile, la scène présentée comme un simple commentaire du texte sacré, destiné à instruire et à moraliser tout comme ferait un sermon, le personnage abstrait *Dévotion*, qui ouvre et clôt la pièce, comme l'ancien *Prologue*, la versification facile mais banale, l'emploi constant du vers de huit pieds ou de celui de dix, sont les caractères les plus saillants qui le démontrent.

Le Lavement des Pieds relève d'un genre littéraire qui n'est plus guère de mise à la fin du XVIe siècle, et on le croirait plus vieux. En effet à cette époque l'ancien théâtre agonise : les pastorales, les sujets profanes, les tragédies ont pris sa place. Jodelle donne sa Cléopâtre en 1552 et Robert Garnier sa Porcie en 1568. Si l'on traite un sujet religieux, on l'accommode au goût nouveau et on le divise en plusieurs actes : *Le sacrifice d'Abraham, tragédie française, séparée en trois pauses*, par Théodore de Bèze (Paris, H. Estienne, 1552). — *La tragédie de la divine et heureuse victoire des Macabées sur le roy Anthiocus*, en cinq actes, *par Jean de Virey, sieur du Gravier* (Rouen, Raph. du Petit-Val, 1611) (2), etc., etc. Le Lavement des Pieds est à cent lieues de tout cela ; il appartient encore au théâtre aboli. C'est évident, et l'on est tenté de lui assigner une date ancienne.

(1) La confrérie de la Passion avait à son service au moins dix prêtres chapelains, chargés d'acquitter ses fondations et de célébrer ses exercices religieux. (Statuts de 1636). Je n'en vois plus que deux ou trois à la fin du XVIIe siècle. (*Arch. de la Seine-Inf.*, G. 7500, f° 29).

(2) Pourtant on peut rapprocher du Lavement des Pieds la *Tragédie représentant l'odieux et sanglant meurtre commis par le maudit Caïn* (à Paris, par Nicolas Bonfons, S. d.), dont l'auteur, Thomas Lecoq, est mort en 1580 (*Moréri des Normands*, t. 2) et qui est écrite dans le même goût. Elle a été réimprimée dans la collection de la Société des Bibliophiles Normands (Rouen, Cagniard, 1879).

Mais on ne peut qu'à grand peine la reculer jusqu'au milieu du XVIe siècle; car, il ne faut pas l'oublier, d'après la mention inscrite au titre du manuscrit, et celui qui l'écrivait devait être bien informé, l'auteur, Nicole Mauger, était encore vivant et doyen des chapelains en l'an 1600. Ce qu'on peut dire de l'œuvre pour lui trouver un certain air de nouveauté ou de jeunesse et la distinguer des anciennes compositions religieuses, c'est que celles-ci ne se bornaient point d'ordinaire à un simple épisode de l'Ecriture Sainte; elles se déroulaient en de longs développements, embrassant la série des évènements de l'Ancien ou du Nouveau Testament. Nicole Mauger se ressent donc du goût qui réclame un peu plus de sobriété et en quelque sorte un peu plus d'unité dans la composition; ses auditeurs peut-être sont un peu blasés et impatients d'un spectacle trop long (1).

Concluons donc que le Lavement des Pieds a dû être écrit vers le milieu ou dans la seconde moitié du XVIe siècle, suivant un genre alors suranné, et qu'étant un des derniers représentants de notre ancien théâtre il mérite d'être conservé.

La pièce d'ailleurs est originale (2). Elle comprend 331 vers. L'auteur ne lui a donné aucun titre. Tout le sujet tient en deux lignes : le Fils de Dieu est descendu jusqu'à nous pour nous sauver, il s'est humilié jusqu'à se faire le serviteur de ses serviteurs; humilions-nous à son exemple, pour fuir le péché. En voici l'analyse :

Jésus commande au serviteur Marcial d'apporter l'eau et le linge nécessaires; les apôtres protestent contre l'office dont leur Maître s'apprête à s'acquitter; ils obéissent pourtant. Puis le Seigneur lave leurs pieds et commente la leçon qu'il vient de leur donner : le tout conformément au texte de l'évangile qui se lit à la messe du Jeudi-Saint (3). Le seul passage, un peu plus vif,

(1) Si l'on est curieux de voir un même sujet traité à deux époques différentes, on peut comparer au *Mystère de la Passion*, *La mort de Théandre, tragédie en cinq actes, par le Sr Chevillard* (à Caen, chez Jacques Godes, 1692) : l'avantage n'est pas en faveur de l'auteur moderne.

(2) On peut s'en convaincre par la comparaison avec l'épisode du Lavement des pieds dans le Mystère de la Passion d'Arnoul Greban (*édition G. Pâris et G. Raynaud*, Paris, 1878, v. 17985-18105) ou dans le Mystère de la Passion de Jean Michel (à *Paris, chez la vefve Jehan Trepperel*, s. d., f. signés Eiii, r°, à Eiiij, r°).

(3) Saint-Jean, XIII.

est celui où le traître et hypocrite Judas prétend accepter le service du Maître, sans qu'il y ait lieu de s'émerveiller (v. 234-253) :

En fault-il faire tel registre?

Nous n'ajoutons plus qu'un détail : le Lavement des Pieds a été réellement représenté. Et voici les noms des acteurs, qui remplirent les rôles, tels qu'on les lit ajoutés sur le dernier feuillet de garde :

Poullain	Dieu
Collenault	Saint Jehan
Delamare	Saint Andrieu
Noyon	Judas
François	Saint Pierre
Dubof	Saint Simon
M. Denis	Saint Jacques

MYSTÈRE
DU
LAVEMENT DES PIEDS
PAR
Me NICOLE MAUGER, prêtre.

Devotion

Prudence unye a divine bonté,
Qui le forfaict d'Adam a surmonté,
Nostre salut el commence et consomme ;
Amour divin, qui aulx cielz a monté
Et qui la loy de la grace a planté (1),

(1) Est-ce une allusion au célèbre vitrail que possède Saint-Patrice, exécuté, dit-on, sur les dessins de Jean Cousin (1500-1589), et qui est connu sous le nom de *Triomphe de la loi de grâce.*

Cause que Dieu en la fin est faict homme.
Donq auditeurs, voulans congnoistre comme
De la ranson feut payée la somme,
Voyrés Jhesus homme et Dieu veritable
En ce mistere et effectz admirable,
Le quel, combien que feut a Dieu egal
En sapience et vertu coequal,
N'estimant poinct estre fraude ou rapine (1)
Dire qu'il est en la forme divine,
S'est abessé jusque a se anentir
Et dure mort, voire de croix, sentir (2).
Mais, ains que aller de ce mondain repaire
Jusque a la destre et sein de Dieu son pere,
Quoy qu'il aymast en tout temps tous les siens,
Veult elargir en la fin de ses biens,
Disant, prenés la forme et l'exempaire
De faire ainsy comment me voyés faire.
A l'ung il taict ce qui est bon de taire,
Et l'aultre il faict fidelle secretaire ;
A nul sa grace et ses biens ne denye,
Pourtant qu'en luy chef et cœur humilie.
Qui est plus grand de cestuy qui ministre
Ou de cestuy qui s'assiet a la table?
C'est bien raison, la chose est equitable,
Que ung maistre soit par dessus son ministre :
Le filz de l'homme, a qui la jouissance
Du ciel et terre est deue et ordenance,
N'est poinct venu pour user de puissance
D'un maistre, ains prent d'un ministre l'office,

(1) On lit, en interlignes, les variantes suivantes (v. 13-20).

Et qu'il se dit, sans fraude ny rapine,
L'essence en tout de l'essence divine,
S'est abessé jusque a se anentir
Et de la croix la dure mort sentir.
Ouy, mais, avant que de ce bas repaire
Il soit monté au sein de Dieu son père,
Quoy qu'il aymast en tout temps tous les siens,
Il a voulu eslargir de ses biens, etc.

(2) *Qui cum in forma Dei esset, non rapinam arbitratus est esse se æqualem Deo; sed semetipsum exinanivit... Humiliavit semetipsum, factus obediens usque ad mortem, mortem autem Crucis.* (Saint Paul, aux Philipp., II, 6-8).

2.

Quant pour les filz de saincte adoption
Faict ung lavachre et saincte lotion,
Propre a purger tout humain malefice.
Or combien est ce divin benefice
Hault et ardu. Sentés, sentés en vous,
Sentés aussy, o vous, qui passés tous,
S'il est amour ou charité plus grande
Que Dieu le pere a son filz recommande.
Nul n'a plus grande et forte charité
Que de libvrer sa propre humanité
A dure mort pour ses feaux amis.
Que dirons nous, quant pour ses ennemis
Il a vouleu son corps estre navré
Et a la mort voire de croix libvré.
O cœur devot, tu doibz estre enyvré
De ce breuvage et doloreulx calice;
Tu doibz du fons de ton esprit congnoistre
Que c'est pour toy, non pour son malefice.
Suy donq les faictz de Jesus nostre maistre.

JHESUS

Il faut partir pour aller a la dextre
De Dieu mon pere, ou je faictz residence;
Il fault partir de ce monde terrestre
Par mort de croix, pour grace et gloire metre
A tous esleutz qui, par la providence
De Dieu mon pere, ont esté mis au monde,
Pour les tirer d'opscurité profonde.
Mais veulx monstrer premier, en evidence,
D'humilité le parfaict exemplaire,
Par ce que moy, qui suis seigneur et maistre,
Feray d'un serf non d'un maistre l'office.

SAINCT ANDRIEU

O le divin et parfaict benefice,
Don gratuit de grace gratuite,
Venant d'en hault et d'un seul Dieu induite!
Que dirons nous, freres et chers amis?
Congnoissons Dieu qui son filz a transmis,
Par le secret d'une incarnation,
Pour nous oster de la damnation
Ou nos parentz premiers nous avoient mis,
Donq luy debvons de cœur et corps complaire.

SAINCT JACQUES

Divin monarche et seigneur debonnaire,
Je ne pourrois a toy Dieu satisfaire
Car tu congnois ma trop fieble puissance.

SAINCT JEHAN

Beaucoup te plaict, seigneur, l'obéissance
Que te debvons, par quoy voy la mon cœur :
Arrouse ley de celeste liqueur.

SAINCT PIERRES

Pour escollier tu m'as, et pour docteur
T'auray, Seigneur, car le chemin de Dieu
En sapience et seure verité,
Ou n'y a rien de vaine falcité,
Monstres aulx tiens te cherchantz en tout lieu.

JHESUS

Je suis le filz de Dieu, venant de Dieu,
Qui de bon cœur et volonté tres ample
D'humilité veulx monstrer ung exemple.

SAINCT SIMON

Quant en secret ta haultesse contemple,
Je suis ravy, par quoy, Seigneur, Seigneur,
Sois nous du faict prompt et prest enseigneur.

JHESUS

O Marcial, fidelle serviteur,
Pour demonstrer l'humilité certaine
Que j'ay en vous, donnes de la fontaine
Pour netoyer et laver par dehors
Presentement les piedz de vostre corps,
Qui vous sera en signe et exemplaire
Que l'ung a l'aultre ainsy le debvés faire.

MARCIAL

Maistre et seigneur et docteur debonnaire,
De corps et d'ame et toute ma puissance,
Veulx accomplir le sainct commandement
De vostre veul ; prenés presentement
De vostre serf la plaine jouissance.

SAINCT PIERRES

A deulx genoulx monstrant l'obeissance
Que je vous doibz, Seigneur, mon cœur vous donne
Et de mon corps les forces abandonne.

JHESUS

Tu auras, Pierres, une triple couronne,
Qui sera marc et signe sans fainctize
Que seras chef de toute mon esglize;
Par quoy a toy premier commenceroy,
Et puis les piedz des aultres laveray,
Pour accomplir l'euvre que veulx parfaire.

SAINCT PIERRES

Haa! mon Seigneur, que me voulés vous faire,
Mon racateur et mon seul redemteur,
Que vous soyés du serf le serviteur?
Que ung createur serve sa creature?
Ha! je ne peulx ce mistere comprendre,
Car je ne suis que terre ville et cendre,
Rendant aulx vers viande et nourriture.
Vous estes Dieu, a vostre pere equal,
En sapience et vertu coequal;
A vostre nom tout le genoul celeste
Et l'infernal, le terreste proteste
S'humilier, et toute langue aussy
Presche et confesse a vous Dieu tout ceci.
Par quoy, Seigneur, il n'est poinct resonnable
Que devant moy ton genoul ferme et stable,
Pour netoyer mes deulx piedz, se flechisse.

JHESUS

Tu ne congnois, Pierres, le benefice
Que maintenant je te faictz, moy present,
Mais l'entendras quant je seray absent
Et que seray passé jusques a la dextre
De Dieu mon pere, et lors pourras congnoistre
    Ce que denote ce mystere (1).

(1) Quod ego facio, tu nescis modo, scies autem postea.

SAINCT PIERRES

De cela ne me pourrois taire :
Quand je contemple ta haultesse,
Lors mon infirmité confesse.
Que ta haulte sublimité
Soit mise en telle humilité
De me servir, qui ne suis que pecheur,
De jour en jour en peché trebucheur!
Ne permetray telle injure a Dieu, somme,
Que icy se abesse a servir ung tel homme.
La terre est siege et scabelle a tes piedz :
A me servir seront ilz dediés?
Tout genoul rend a ton sainct nom hommage,
Et ton genoul me faict ceste advantage
De me servir. Tes precieuses mains
Netoyront ilz l'ordure des humains?
Permetray je ta precieuse chair
Mes piedz infectz et baiser et toucher?

JHESUS

Sy ne te lave, Pierres, tu n'auras part
Avecques moy au royaulme de Dieu (1).
Sy lavé n'es, tu es en grand hasard
De n'abiter en ce celeste lieu.
Ton sens charnel et rude entendement
Ce hault mistere et divin sacrement
Ne peult pour l'heure amplement bien congnoistre.

SAINCT PIERRES

Part avec toy, seigneur et maistre?
Hellas, sire, je suis tout prest.
Soit ainsy faict comme il te plaict,
Je n'i resiste aulcunement.
Ne me laves pas seullement
Les pieds, mais les mains et la teste (2);
Ma volonté est toute preste
De te donner obedience.

(1) Si non lavero te, non habebis partem mecum.
(2) Domine, non tantum pedes meos, sed et manus et caput.

Icy Jhesus lave les piedz de ses apostres, puis recommence Devotion :

DEVOTION

Crestiens, unis en unité de foy,
En union d'ung baptesme et d'ung roy,
Voyés de l'œul de vostre entendement
Le secret clos en ce (1) sainct lavement.
Ce sainct lavachre ou lavement de corps
Donne a congnoistre une aultre lotion
De son pur sang, par qui les sainctz accords,
La paix, la grace, et la redemption
De l'homme est faicte, en tant qu'en union
D'une personne ayant doble nature,
Dont l'une est Dieu et l'aultre creature.
Le sang du Juste en croix est espandu
Pour l'homme injuste! o saincte lotion!
Trop suffisante a mille et mille mondes
Non seullement, mais infiniz immondes
Purger, laver, amplement racheter.
Par quoy crestiens, qui ne voulés doubter
De l'efficasse et vertu du mistere,
Suivés les faictz de Jhesus nostre frere.

Ici est ung petit sermon que faict nostre seigneur comme parlant aulx chrestiens, après avoir receu le sainct sacrement de baptesme.

JHESUS

Qui est lavé n'a besoing fors qui lave
Ses piedz, qu'ilz sont mondaine affection (2).
Qui est lavé (3) : en cestuy j'ay gravé

(1) Manuscrit : *se*.

(2) Le sens, aussi bien que les rimes, démontrent qu'un ou trois vers ont été omis : un, si *lave* rime avec *gravé*, sinon trois.

(3) Qui lotus est, non indiget nisi ut pedes lavet, sed est mundus totus. Voici comment a traduit Arnoul Greban (v. 18033-18036) :

Cil qui nettement lavé est
N'a point nécessité du corps,
Mès des pieds laver; et alors
Il sera tout mondifié.

Mon divin marc par l'eau de sainct baptesme.
Car, par vertu du baptesme et sainct cresme,
Il est faict filz de saincte adoption;
Ne reste plus que son affection
Et son vouloir a mon veul soit conforme,
Et que de char en esprit de transforme.
Donc, mes amis, tous vous estes lavés
Au sainct baptesme, en tant que vous l'avés
Jadis receu, dont pour l'heure estes vous
Purgés, lavés, netoyés : non pas tous.
Si au dedens vous estes despravés,
Totallement vous n'estes poinct lavés.
Il convient donc laver en verité
L'affection de sensualité
Et que raison soit maitresse en ce corps,
Que profite il estre net par dehors,
Et que de cœur les cogitations,
Meurdres, larsins et operations
Sortent, soullantz (1) ceste ame raisonnable.

SAINCT JEHAN

Que ce mistere est admirable!
O maistre doulx et debonnaire,
Qui nous as telz sermons donnés,
Que lavés par cest exemplaire
Soient nos desirs desordonnés!

SAINCT ANDRIEU

O grand et admirable signe
D'humilité, dont instruictz sommes,
Que le vray filz de Dieu s'encline
Aulx piedz laver des filz des hommes!

SAINCT JACQUES

Ycy est signe et exemple pour nous,
Qui grande humilité desploye :
Que luy, a qui tout genoul ploye,
Flechisse a terre ses genoulx.

(1) Pour *souillantz*.

SAINCT SIMON

Hellas! Sire, a bien humble office
Ta magesté veulx asservir,
Qui viens faire sy vil office
A ceulx qui te doibvent servir.

SAINCT PIERRES

On voit icy de grandz eschanges
De haultesse et infinité,
Quand noz piedz le roy des arcanges
Lave en sy grande humilité.

JHESUS

Le filz de l'homme en ce monde est venu
Pour ministrer, non pour estre servi.
Veulx que mon corps a vous soit asservi,
Craché, moqué, en chartre detenu.

SAINCT SIMON

Ha! Sire, tu n'es pas tenu
Faire l'office de ministre.

JUDAS

En fault il faire tel registre?
Nous debvons son service prendre
Puis qu'il se veult, de son arbitre,
A tel office condescendre.
Qui le contrainct tant entreprendre?
Me semble qui n'y a celluy.
Je ne crains poinct estre a reprendre
D'avoir ce service de luy.

SAINCT ANDRIEU

Il est vray Dieu, il est tout nostre apuy,
Donq ne convient que sa haultesse abesse.

JUDAS

Dictes luy donc que a se humilier cesse.
Quant a moy, je dictz qu'il peult (1)
S'humilier sy bas qu'il veult

(1) Ce vers n'a que sept pieds.

Et qu'il n'en doibt a nul desplaire.
Ne sçait il pas bien qu'il doibt faire
Et a quelle fin il pretent?
Qu'il face ainsy comme il entent,
Et de rien ne le descordons;
Car pour quoy il tient les cordons
Pour faire du tout a sa guize.

JHESUS

Ce que je vous ay faict vous suffize.
Bien tot congnoistrés plainement
Le secret de se lavement
Et cest exemple tres parfaicte.

SAINCT PIERRES

O plus sçavant qu'aultre prophète,
Quand je contemple que tu nous donnes (1)
Tel exemple d'humilité,
D'avoir submis ta dignité
    A tel office,
Et que ta grandeur rapetisse (2)
    Pour t'abesser!

SAINCT JEHAN

Qui peult les louanges cesser
    De ta doctrine,
Quant y cella nous avons signe
Que on doibt tout orgeul delaisser?

SAINCT JACQUES

Croirre de cœur et de voix confesser
Doibt on, Seigneur, ton ouvrage admirable,
Car tel ouvrage est pour nous adresser
    Au vray chemin de vie perdurable.

SAINCT ANDRIEU

Sans ta parolle veritable
Nous vivrions comme povres bestes;

(1) Ici, incorrection évidente du manuscrit : ce vers a 9 pieds et ne rime avec aucun autre.

(2) Manuscrit : *napetisse*.

Mais, quant ta voix entre en noz testes,
Le nostre esprit est ferme et stable.

JHESUS

Marcial, servant equitable,
Apporte moy mon vestement.

MARCIAL

Sire, a vostre commandement
Accomplir je suis tout prest (1).
Soyés vestu, puis qu'i vous plaict.

JHESUS, *revestu de sa robe, dict ce qui ensuit :*

Retenés mes enseignementz :
Vostre esprit sera satisfaict.
Sçavés vous que je vous ay faict,
Par laver vos piedz, recongnoistre ?
C'est que vous debvés humbles estre
L'ung vers l'aultre, doulx, amiables,
Paisibles, piteulx, serviables,
Et benings en toute maniere;
Que, par humilité planiere,
Soit faict du moindre le grigneur.
Vous m'apellés maistre et seigneur,
Comme diciples bien instruictz :
Vous dictes bien, car je le suis.
Si je donq qui suis vostre maistre
Me suys vouleu sy bas submetre,
Tant humblement, que vous avés
Heu de mes mains le[s] piedz lavés,
Cela vous doibt il pas actraire
De l'ung vers l'aultre ainsy le faire?
Mes beaulx amis et mes baulx freres,
Par les charitables misteres
Du lavement preordonné,
Vous ay tel exemple donné
Que l'ung a l'aultre, sans meffect,
Faciés comme je vous ay faict,

(1) Ce vers n'a que sept pieds.

Et vous parviendrés a ma gloire (1).

Devotion

Peuple devot et notable auditoire,
Vous avez veu presentement l'istoire
Du bon Jhesus et son humilité.
Monstré vous ha, par ce sainct lavatoire,
Que nous debvons, en secret oratoire,
Entrelaver nostre fragilité
Et obvier a sensualité,
Qui sans raison a péché nous incline;
Et, pour fuir a toute villité,
D'humilité nous a monstré le signe.

Il nous remet nostre esprit en memore
Que l'évangille en texte rememoire :
Pour requeullir les faictz d'eternité
Il se humilie en monde transitoire,
Sy bas, qu'il est serviteur et sans gloire,
Lavant les piedz de paouvre humanité.
Mais il a faict, pour sa divinité
Communicquer, et pour bonne doctrine
Donner aulx corps remplis de vanité :
D'humilité nous a monstré le signe.

Peuple devot de toute qualité,
Nous faisons fin quant l'evangille fine (2),
Ou le bon Dieu, pour nostre utilité,
D'humilité nous a monstré le signe.

Finis.

N. Mauger, prbre.

[A la suite du mystère, et d'une écriture très-postérieure, le manuscrit donne un mémoire à l'usage du maître de la Confrérie, pour lui rappeler les services dont il doit s'acquitter. Il nous semble intéressant de l'imprimer.

(1) Scitis quid fecerim vobis? Vos vocatis me Magister et Domine, et bene dicitis : sum etenim. Si ergo lavi pedes vestros, Dominus et magister : et vos debetis alter alterius lavare pedes. Exemplum enim dedi vobis, ut quemadmodum ego feci vobis, ita et vos faciatis.

(2) Nous finissons quand finit l'évangile, dit Dévotion : paraphraser le texte de l'évangile du Jeudi-Saint, tel a été en effet le but de l'auteur.

Les statuts ayant été renouvelés en 1636, il est probable que ce memento a été rédigé peu après. H. Langlois, dans son *Essai historique*, déjà cité, p. 61, donne quelques extraits qu'il emprunte à « un mémoire manuscrit relatif aux obligations et aux charges du maître de la Confrérie de la Passion. » Son *mémoire manuscrit* n'est pas le même que le présent : il en tire en effet des détails qu'on ne trouve ni dans celui-ci, ni dans les statuts eux-mêmes. Etait-ce l'une des pièces, perdues aujourd'hui, qu'on voit ainsi mentionnées dans l'*Inventaire des pappiers* de la Confrérie, déjà signalé : « Septième liace, cotte V. Contient divers mémoires instructifs et autres de depenses faittes pour la ditte confrarie en differents tems par les maitres et chapelain d'icelle. »]

MEMORE POUR LE Me DE LA CONFRAIRIE DE LA PASSION

Et premièrement

Le me nouveau esleu en lad. Confrarie doibct nommer un pauvre pour estre revestu et pour aller en la procession du Jeudy absout.

Led. me doibt asister en lad. procession pour conduire son pauvre.

Led. me nouveau esleu doibt essuier les piedz desd. pauvres et les baisser par humilitté et en aprez leur donner a chacun une piece d'argent ou plusieurs a sa devotion.

Pour le siege de Quasimodo qui sera celebré en l'eglise de Saint-Patrice le me nouveau esleu, si faire ce peult, fera tendre dans le cœur de Saint-Patrice (1) quelques cielz et tapis à sa volonté.

Il y aura vespres le samedi a troys heures de relevée et le lendemain matines a six heures du matin et a sept heures et demie la predicacion, et en la fin d'icelle la messe sera celebrée en lad. eglise et en après lad. messe on ira en la maisson dud. maistre nouveau esleu afin de rendre le compte de lad. confrarie et a la fin dud. compte led. me invitera et prira tous les mes et chapplains dud. college de disner par honnesteté suivant la coustume et les envoyra prier le jour de dimanche suivant lad. coustume, sans oublier le curé de Saint-Patrice lequel assistera aud. compte et et son clerc pour lui tenir compagnie.

(1) Il faut conclure de là que ce mémoire a été rédigé après la démolition de la première chapelle de la Passion et avant la construction de la nouvelle (1648); l'écriture en effet est celle du commencement du XVIIe siècle.

Led. me assistera aulx messes des moys si faire ce peult, lesquelles seront célébrées tous les premiers dimenches des moys en l'église Saint-Patrice.

Les mes sont obligés d'assister aulx inhumations des uns des aultres et aux services faictz en leur intention dependant de lad. confrarie.

Le me en charge est tenu faire la poursuite des deniers deubz en lad. confrarie tant de la maison de ville que des fraires et sœurs de ladicte confrarie a ses despens.

Pour le siege du dimanche d'apres la feste de la Toussainets, le me si faire ce peult fera tendre comme au siege de Quasimodo.

Il y aura vespres le samedy à 3 heures de relevée et le lendemain matines a 6 heures et la predication a huict heures du matin et a la fin de ladicte predication la messe et la relevée vespres en ladicte parroisse et le mesme jour le me donnera a disner audictz chapplains de lad. confrarie ou quelque piece d'argent a sa volonté.

Pour le Jeudy absolut se fera la procession et fera tendre le cœur de ladicte eglise si faire ce peult.

Le me en charge revestira douze pauvres avec le clerc, assavoir, d'une robbe et bas de chausses tenné et d'un chappeau et souliers, et au doien et collecteur à chacun un bonnet et souliers; et, en la fin de lad. procession, le me donnera par honnesteté a disner aux mes, et aulx pauvres et au curé et clerc de Saint-Patrice, sans oublier le curé et cler de sa paroisse et les chapplains dud. collège et aultres chapplains a sa volonté, et le tout par honnesteté.

Il y aura en lad. procession les quatres escolles de paouvres au nombre de — a la devotion dud. maistre et on donne a chacun un haren creu et un pain du prix de — a la devotion dud. me.

Il fera prier le curé et clerc et chapplains de la paroisse pour assister a la procession et les contentera a ses despens.

FIN

[La même main, ce semble, a ajouté ce qui suit.]

Led. me fournira d'enfans pour porter les mistères de lad. Confrarye vestus le plus honnestement qu'ilz pourront.

Led. me fournira d'hommes pour conduire lad. procession de peur de confusion.

Le me fera fere une Veronicque pour la procession.

Le me fournira un plat et un vase vermeil avec troys tuailles de poinct coupé.

Évreux, Imprimerie de l'Eure, L. Odieuvre, 4 bis, rue du Meilet.

www.ingramcontent.com/pod-product-compliance
Ingram Content Group UK Ltd.
Pitfield, Milton Keynes, MK11 3LW, UK
UKHW021036200726
13857UKWH00004B/1751

9 782013 038867